Mehr als nur Freunde

Yuo Yodogawa

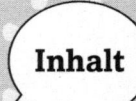

Inhalt

Ein höchst aufregendes und feuchtes Erlebnis

SHIKI, WO HAST DU DEINE KRAWATTE GELASSEN?
UND WAS SOLL DIESE FRISUR UND DIE OHRRINGE?
ZERR
AU, AU, AU, AU!
ZIEHEN SIE MIR DOCH NICHT AM OHR.
ICH WEISS ÜBERHAUPT NICHT, WAS DAS SOLL. ICH LERN DOCH!
ES GIBT AN DIESER SCHULE ABER AUCH REGELN!
GEHT DAS SCHON WIEDER LOS?
ICH HAU LIEBER AB.
AH, HEY! SHIKI!
TAPP

BADUMP
BADUMP
BADUMP

HAT DER MICH ER-SCHRECKT ...

UND DU HEISST ALSO SHIKI ...

DU HAST JA DOCH WAS IM KOPF, OBWOHL DU SO EIN ROWDY BIST.

ZUCK

DEN VIERTEN.

WELCHEN PLATZ HAST DU ...?

NATÜR-LICH!

ACH SO, STIMMT ... ICH HAB DIR MEINEN NAMEN NOCH NICHT GESAGT.

...

PLATZ VIER IST SCHON NETT, ABER AUCH KNAPP AM TREPPCHEN VORBEI, WAS?

YAMATO ... TOJI.

...bnisse d

1. Platz: M
2. Platz: Iori Sunoha
3. Platz: Mamoru
4. Platz: Yamato T
5. Platz: Kyoko M

ER WAR STARK, EIN KNALLHARTER EINZELGÄNGER UND SO COOL!

... DAMALS WURDE ICH SELBST VON ROWDYS ANGEPÖBELT, ABER DANN HAT MICH JEMAND GERETTET.

ES WAR FAST LIEBE AUF DEN ERSTEN BLICK. ICH WOLLTE SO WERDEN WIE ER ...

AHA ... NA, ICH WEISS JA NICHT.

AAA

ALTER ...

MAMPF
MAMPF

HM ... KLINGT ZIEMLICH ABGEDROSCHEN ...

UND ER HATTE EIN COOLES MOTTO: "BRICH SO VIELE REGELN, WIE DU WILLST, ABER BLEIB EIN MENSCH!"

ER WAR ANDERS ALS NORMALE ROWDYS!

HAH

...

...

SOLL DAS
HEISSEN,
ICH WILL
WAS VON
IHM ...?

MAN SAGT
DOCH, DASS
TRÄUME DIE
EIGENEN
WÜNSCHE
WIDER-
SPIEGELN
∞∞

WARUM
TRÄUM ICH
SO WAS VON
SHIKI ...?

SOGAR MEINE
HOSE IST
FEUCHT ...

BÄH
...

BRRR
BRRR

ICH HASSE
DICH, DU
SPINNER!!!

WAPP

BADUMP

!

IRGENDWIE ...

OH!

HAB
ICH ETWA
ALLES NUR
SCHLIMMER
GEMACHT
...?

HÄ
...?

Ein höchst aufregendes und feuchtes Erlebnis – ENDE –

Mehr als nur Freunde

Versöhnungssex mit
Hindernissen

Versöhnungssex mit Hindernissen – ENDE –

Mehr als nur Freunde

Gefühle im Spiel

... NEIN, JETZT HAT ER MICH TATSÄCHLICH NOCH RICHTIG VON HINTEN GENOMMEN!

NICHT NUR, DASS ER MICH BEIM SCHLAFEN ÜBERFALLEN HAT, ...

SEUFZ

FIX UND FERTIG

UND MERKT ES DABEI SELBST NICHT ...?

WAS IST NUR LOS MIT DEM? STEHT DER AUF MICH ...?

WAS WILL DER NUR VON MIR?!

SCHWUPP
TAPP TAPP
WAS?!
EY ... HALT ...
WO FASST DU MICH AN?!
ÄH, ICH MEINE ... LASS MICH RUNTER!!!
GROAAAAH
TAPP TAPP TAPP TAPP TAPP TAPP TAPP
MATERIALRAUM
RATTER
DANKE, DASS DU MICH AUF-GEFANGEN HAST.
TROTZDEM WAR DAS KEIN GRUND, MICH SO ZU TRAGEN ...
NA JA, ICH DACHTE, SONST LÄUFST DU MIR WIEDER NUR DAVON ...

ABER DIESEN GESICHTSAUSDRUCK HAB ICH BEI IHM ZUM ERSTEN MAL GESEHEN ...

DIESER UNFREUNDLICHE SONDERLING!

HMPF

UND VIEL ZU GROSS IST ER AUCH NOCH!

NORMALERWEISE GUCKT ER IMMER NUR MÜRRISCH UND MACHT BÖSE BEMERKUNGEN.

ABER BEI MIR GUCKT ER GANZ ANDERS ...

DIESER RIESE HAT MICH DOCH NACH HERZENSLUST DURCHGENOMMEN ...

KNICK

WARUM REG ICH MICH EIGENTLICH NICHT DARÜBER AUF, WIE EKLIG ES WAR?!

HAH

UND WAS HALTE ICH ÜBERHAUPT VON IHM?

GNNH

IST ES, WEIL ER AUF MICH STEHT?

ICH MUSS IHM DAS ...

... WOHL AUCH MAL KLAR SAGEN ...

DEPRI

SONST SEH ICH DICH NIE SO FERTIG ...

WAS? DU HAST VERSAGT?

DU HAST'S ECHT NICHT DRAUF, YAMATO ...

Gefühle im Spiel – ENDE –

Mehr als nur Freunde

Allmählich wird es Liebe

ICH ...
ICH ...
WAS HÄTTE ICH DENN GETAN, WENN ER MIR ...
... GESAGT HÄTTE, DASS ER AUF MICH STEHT ...?
„ICH HAB DOCH ... KEINE AHNUNG, ..."
„... OB ES OKAY IST, SOLCHE GEFÜHLE ZU HABEN ..."
DIESER TYP ... SCHEINT NICHT MAL SEINE EIGENEN GEFÜHLE ZU VERSTEHEN ...
HAAAH ...
STIMMT, GENAU DA LIEGT DAS PROBLEM!

... GLAUBE, ICH ... STEH AUF DICH ...

... VIEL- LEICHT.

ICH ...

ALSO, ICH ... STEH AUF DICH.

HÄ? WAS HEISST HIER „VIELLEICHT" ?!

TAPP

GRAPP

?!

NACHDEM ICH IHN SO VOR ALLEN ZUSAMMEN- GESCHRIEN HABE, REDEN ALLE DARÜBER, DASS WIR WAS MITEINANDER HÄTTEN.

OH, DA IST JA DAS UNGLEICHE PAAR!

HI HI HI!

DAS ÜBERLASS ICH EURER FANTASIE.

HEY, SCHÖNE SHIKI, WIE WEIT BIST DU MIT DEINEM FREUND SCHON GEGANGEN?

...!

...?

ICH HÄTTE EHER ERWARTET, DASS DU ES VERHEIMLICHEN WILLST ...

HM ... JA, DAS HÄTT ICH SCHON GERN ... ABER WENN ICH ES SCHON SO LAUT RAUSPOSAUNT HAB ...

O... OKAY ...

Mehr als nur Freunde

DAS KLINGT ZWAR ABGEDROSCHEN, ABER ...

ER HAT MICH VOR EINER GRUPPE ROWDYS GERETTET.

DREI ERWACHSENE GEGEN EINEN SCHÜLER? WAS SEID IHR NUR FÜR FEIGLINGE!

IN DIESEM MOMENT FAND ICH IHN TOTAL COOL ...

Shikis Idol

HM?

ACH WAS ... SCHON OKAY.

ÄHM ... DANKE SEHR!

MIR WAR EH GERADE DANACH ...

ZWERG.

MMPFH

DER BELEIDIGT EINEN JA GLEICH BEI DER ERSTEN BEGEGNUNG ...

NIMM DICH DOCH NICHT IMMER ALS MASSSTAB!

WUSCHEL

OKAY ... NA, IST DOCH SCHÖN, ...

... WENN IHR EUCH GUT VERSTEHT.

ÄH ... JA ... KÖNNTE MAN SO SAGEN ...

SHIKI, IST DAS EIN FREUND VON DIR?

118

Shikis Idol – ENDE –

BÄH, DU NOTGEILER SACK!

... ZEIGST DU MIR SO OFFEN, DASS ICH STÖRE?!

OH MEIN GOTT, YAMATO! NUR WEIL DU GERADE NICHT MIT SHIKI ALLEIN SEIN UND PERVERSES ZEUG MACHEN KANNST, ...

SAG MAL ... ISST DU AB UND ZU AUCH MAL MIT ANDEREN LEUTEN?

GRRR

WUPP

WUPP

HM?

Bist du meine Mutter, oder was?

ES IST SOGAR GUT, WENN DU DA BIST, DANN KANN YAMATO NICHT AN MIR RUMFUMMELN ...

ALSO, MICH STÖRST DU EIGENTLICH NICHT ...

SHIKI ...?!

UGH ...

FLÜSTER

DU HÄLTST DICH HALT NIE ZURÜCK UND ICH WILL NICHT SCHON MITTAGS GESCHAFFT SEIN!

... FLIRTEN SIE DOCH NUR MITEINANDER RUM, NE ...

AM ENDE ...

RAUN

GUT, TOMOAKI, DANN SETZ DICH DORT AUF DEN FREIEN FENSTERPLATZ.

...

RAUN

MOA
AEJIM

... UND HEISS' TOMOAKI SAEJIMA! FREUT MICH, NE!

...

HI! WIE HEISST DU DENN?

HM? ACH, DU MEINST YAMATO?

HEY, SAG MAL, WIE HEISST DER?

WUPP

OH ... ER IGNORIERT MICH?!

IST DOCH EGAL ...

MAN KANN ALSO DOCH GANZ NORMAL MIT IHM REDEN. UND IRGENDWIE IST ER SOGAR LUSTIG.

GRINS

YAMATO ...?

WAS IST?

SCHNIEF

... WAR NOCH SCHLECHTER ALS DIE VORHER ...

ACH ... MEINE NOTE BEIM LETZTEN TEST ...

SO MUSS ICH VIELLEICHT MIT DER AG AUFHÖREN ...

ICH HÄTTE ZWAR NICHT GEDACHT, DASS ES AM ENDE EIN FREUND UND KEINE FREUNDIN WIRD, ...

ER IST SO EIN NETTER KERL ...

YAMATO ... DU WEISST ECHT NICHT ZU SCHÄTZEN, WAS DU AN IHM HAST ...

HA HA!

... ABER IHR SEHT BEIDE GLÜCKLICH AUS, UND DAS IST DAS WICHTIGSTE, NE.

HAAACH ...

?!

PERPLEX

NA JA, ...

... ES HÄTTE MICH AUCH NICHT GESTÖRT, WENN ICH DER EINZIGE AN SEINER SEITE GEBLIEBEN WÄRE, ...

ABER ...

... SO IST DAS WOHL, WENN EIN KIND FLÜGGE WIRD.

Bist du meine Mutter, oder was? – ENDE –

Sexfreunde

IM NACHFOLGENDEN KAPITEL GEHT ES UM *YOHEI UND SENRI:* EIN PÄRCHEN AUS

Catch my Heart

☆

AU! DAVOR KONNTE ICH MICH AM BESTEN ABREAGIEREN, INDEM ICH EIN PAAR LEUTE ZUSAMMEN-GESCHLAGEN HABE.

TROTZDEM, WARUM KOMM ICH JETZT SOGAR ZU SEINER SCHULE ...?

ABER WENN ICH JETZT AN IHN DENKE, ...

... FÄNGT MEIN GANZER KÖRPER AN ZU GLÜHEN ...

OH ...?

YOHEI, WAS MACHST DU DENN HIER?

HM
...?

ACH ...
ÄH ...
NA JA
...

AH
...

BLUSH

HAB HALT
BOCK DRAUF
GEKRIEGT!

DA REGT SICH
DIREKT WAS BEI
MIR ...

SO EIN
SÜSSES
GESCHÖPF
...!

OH
GOTT
...

KRANKENZIMMER

ACH SO ...
OKAY, DANN
KOMM MAL
MIT.

BADUMP

HAH ...

HAH ...

OH SHIT ... DAS IST SO GUT DA ... AM NIPPEL ...

AH ...!

ZUCK ZUCK

HAH ...

DRÜCK

MMH ...

HUAH ...

ZUCK

KNFF

HI HI ...♥

...!

WOLLTEST DU MICH SO SEHR?

ABER ICH WAR SCHON ÜBERRASCHT, DASS DU MICH HEUTE NICHT ERST KONTAKTIERT HAST, WIE SONST ...

HEUTE BIST DU JA NOCH HEISSER UND EHRLICHER ALS SONST.

OH

TSCHACK

?

KNARZ

ALSO PROBIER ICH HEUTE MAL WAS NEUES MIT DIR AUS.

WUPP

WÄR DAS SO SCHLIMM?

KRAM

KRAM

?

EIN WATTE-STÄBCHEN ...?

OH JA!

☆

RICHTIG, EIN WATTE-STÄBCHEN!

HÄ?

SENRI ... BEI MIR BRAUCHST DU DOCH ... LÄNGST NICHT MEHR SO WAS DÜNNES ...

TSCHACK

KNARZ

ABER DAS KOMMT NICHT DA REIN.

FLUPP

JAJA, DU WILLST WAS DICKES UND HARTES, SONST BIST DU NICHT ZU BEFRIEDIGEN, WAS?

...

DAMALS HAST DU AUCH VERZWEIFELT VERSUCHT, STILL ZU BLEIBEN.

DAS ERINNERT MICH AN UNSERE ERSTE BEGEGNUNG.

WARUM ZUR HÖLLE ... BIN ICH HEUTE WIEDER HIER ...?

SEUFZ

PLAPPER

PLAPPER

...

HEY, SENRI!

ZUCK

DU HAST IN LETZTER ZEIT KAUM WAS MIT UNS GEMACHT!

KOMMST DU NOCH MIT ZUM KARAOKE?

ALSO, KOMM!

HAT ER ETWA GENUG VON MIR ...?

YOHEIS KONTAKT-ABBRUCH WAR ERST EIN ZIEMLICHER SCHOCK FÜR MICH.

ABER MIT DER ZEIT KONNTE ICH MICH IMMER BESSER DAMIT ABFINDEN.

...

SCHFF

SCHFF

DU KOMMST JA WIEDER REGELMÄSSIG ZUM UNTERRICHT, DAS FREUT MICH.

YOHEI!

ÜBRIGENS WOLLTE ICH DIR MAL ETWAS VOR-SCHLAGEN.

JA ...

WAS HÄLTST DU DAVON, NACH DER SCHULE ETWAS IN DIESER RICHTUNG ZU MACHEN?

DU BIST IN KUNST SEHR BEGABT.

ETWAS IN DIESER RICHTUNG ...

MEINE ENTSCHEIDUNG DAMALS ...

... WIEDER ZU IHM FÜHREN.

... SOLLTE MICH JAHRE SPÄTER ...

ABER DAVON HATTE ICH ZU DEM ZEITPUNKT
NICHT DIE LEISESTE AHNUNG ...

Sexfreunde - ENDE -

... WIEDER MIT GENUSS!

AUCH HEUTE ESSE ICH MEINEN REIS ...

TE HE HE!

YODOGAWA

HALLO AN ALLE, DIE MICH SCHON KENNEN, UND AUCH AN ALLE NEUEN LESER. ICH BIN YUO YODOGAWA! VIELEN DANK, DASS IHR EUCH MEIN NEUES WERK GEKAUFT HABT.

DIE HAUPTGESCHICHTE IN DIESEM BAND DREHT SICH UM YAMATO UND SHIKI - DAS HEISSE PÄRCHEN MIT DEM GEWALTIGEN GRÖSSENUNTERSCHIED! SHIKI WURDE AUS BEWUNDERUNG FÜR YOHEI AUCH ZUM RÖWDY, IST ABER EIGENTLICH NUR EIN KLEINER, RECHTSCHAFFENER JUNGE, DER GERNE KOCHT. ALSO GAR NICHT SO DER TYPISCHE ROWDY, HA HA. UND EIGENTLICH IST SEINE GRÖSSE FÜR EINEN JAPANER SOGAR DURCHSCHNITTLICH! AUSSERDEM HAT ER, AUCH WENN ES IM MANGA NICHT ZUR SPRACHE GEKOMMEN IST, NOCH EINEN KLEINEN BRUDER UND EINE KLEINE SCHWESTER.

SHIKI, DER ZWERG

1,69 M

SPIEL AUCH MAL MIT UNS!

IST JA GUT, IST JA GUT ...

JA!

WAS SOLL ER NUR SAGEN, DAMIT ER SO RÜBERKOMMT, WIE ICH ES WILL? DIESE FRAGE HAT MIR VIELE MALE KOPFZERBRECHEN BEREITET. ABER ES HAT AUCH SPASS GEMACHT, AUSNAHMSWEISE MAL SO EINEN UNBEHOLFENEN SONDERLING ZU ZEICHNEN!

WAS IST DENN EIN ... „SONDERLING" ...?

YAMATO SOLLTE EIN SONDERLING SEIN. DAS HAT MIR OFT PROBLEME BEREITET, HA HA.

YAMATO, DER SONDERBARE RABAUKE

1,92 M

YODOGAWA

JE MEHR ICH DARÜBER NACHDENKE, DESTO WENIGER WEISS ICH ES ...

UND HAB AUCH KEINE FREUNDE, DIE DEN DIALEKT BEHERRSCHEN ...

ABER ICH KANN KEINEN OSAKA-DIALEKT ...

ALSO SCHRIEB ICH ALLES WIEDER IN STANDARD-JAPANISCH, UM UND ZEIGTE ES MEINEM REDAKTEUR ...

WIPP

WIPP

YODOGAWA

HI, ICH BIN DIE MUTTI!

☆

UND DANN WAR DA NOCH TOMOAKI, QUASI DIE MAMA DER ZWEI.

OH NEIN ... ?!

„DAS LIEST SICH SO, ALS WÄRE ES VORHER MIT DIALEKT GESCHRIEBEN GEWESEN ...!"

ES STAND VON ANFANG AN FEST, DASS ER URSPRÜNGLICH AUS OSAKA STAMMEN SOLL.

LETZTENDLICH HAT EIN BEKANNTER MEINES REDAKTEURS DIE DIALEKTSTELLEN ÜBERPRÜFT. UND ICH WAR ERLEICHTERT, DASS ICH DIESEN CHARAKTER AM ENDE DOCH WIE GEPLANT DRUCKEN LASSEN KONNTE!

VIELEN DANK AN W. TANABE DAFÜR!

TOMOAKI, DU HAST GLÜCK GEHABT!

SCHNÜFF

SCHNÜFF

IRGENDWIE HAT TOMOAKI WOHL TROTZDEM WIE EIN OSAKA-MENSCH GEWIRKT.

ICH RIECH' NACH TAKOYAKI*, NE?

*TEIGBÄLLCHEN MIT OKTOPUS-FÜLLUNG, SPEZIALITÄT AUS OSAKA

ICH BEDANKE MICH BEI ALLEN AUS DEM VERLAG, DIE AN DIESEM BUCH MITGEARBEITET HABEN, UND BEI EUCH LESERN! DANKE, DASS IHR SO TREU BIS HIERHER DURCHGEHALTEN HABT!

SO, ICH HOFFE, ES HAT EUCH HALBWEGS GEFALLEN!

SHIKI UND YOHEI HABEN SICH ERST NACH YOHEIS SCHULZEIT MIT SENRI GETROFFEN.

UND IM EXTRA ÜBER SEINE BEGEGNUNG MIT SHIKI HABE ICH VERSUCHT, MÖGLICHST VON ALLEN SEITEN ZU ZEIGEN, WARUM SHIKI IHN SO BEWUNDERT.

UND DA YOHEI IN DER HAUPTGESCHICHTE AUCH EINE KLEINE ROLLE HATTE, DURFTE ICH SOGAR NOCH EINE KURZ-GESCHICHTE ÜBER SEINE SCHULZEIT MIT IN DIESEN BAND AUFNEHMEN, DIE KEINEN PLATZ MEHR IN *CATCH MY HEART* GEFUNDEN HATTE.

WINK

WINK

WINK

YODOGAWA

DIE WELT AUS 1,92 M HÖHE

UNGE-FÄHR 1,92 METER ...

YAMATO, WIE GROSS BIST DU EIGENTLICH?

KRASS ...

DARF ICH MICH MAL AUF DEINE SCHULTERN SETZEN? ICH WILL AUCH MAL DEINE AUGENHÖHE HABEN.

WOW, IST DAS HOCH ...

WUPP

SSST

WÄR'S NICHT EHER SEINE AUGENHÖHE, WENN ER DICH HUCKEPACK NIMMT?

AUTSCH!

OH.

BONK

HAH

OH NEIN, SHIKI!

DER GENIESST DAS VOLL, STEIG SCHNELL WIEDER RUNTER!

HM?

SHIKI, HAST DU DEINE HAARE EIGENTLICH SCHON IMMER SO GESTYLT?

WUPP

KLATSCH KLATSCH

HIER, YAMATO, HAB DIR AUCH WAS GEMACHT. ISS.

UWAH?!

WUSCHEL WUSCHEL

NEE, VOR MEINER ROWDY-ZEIT HINGEN DIE NORMAL RUNTER ...

HEY, ICH HAB AUCH DEINE WÜNSCHE BEACHTET!

SO VIEL GEMÜSE ...

SEI FROH, DASS ICH'S ÜBERHAUPT GEMACHT HAB.

ZERZAUST

WAS FÄLLT DIR PLÖTZLICH EIN?!

...

SO, NA KOMM, MACH „AAAH" ...

EY, WAS SOLL DIESER BLICK, DEN KENN ICH GAR NICHT VON DIR!

PFF

ZUFRIEDEN

WIE BRUTAL!

STOPF

JETZT ISS SCHON, VERDAMMT!

MMM-PFH?!

HENKUTSU NA KARE GA YANKEE-KUN O HOTTOKENAI
© 2015 Yuo Yodogawa
All Rights Reserved.

First published in Japan in 2015 by
KADOKAWA CORPORATION ENTERBRAIN

German translation rights arranged with
KADOKAWA CORPORATION ENTERBRAIN
through Tuttle-Mori Agency, Inc., Tokyo.

Deutschsprachige Ausgabe / German Edition
© 2017 VIZ MEDIA SWITZERLAND SA
CH-1007 LAUSANNE
2. Auflage

Verlegt unter dem Label KAZÉ MANGA
durch VIZ Media Switzerland SA

**Aus dem Japanischen von
Ekaterina Mikulich**

Verantwortlicher Redakteur: Patrick Peltsch

Redaktion: Frederike Brandt

Produktion: Dorothea Styra

Lettering: Paolo Gattone, Chiara Antonelli,
Alessio Ravazzani

Druck und Bindung: GGP Media GmbH, Pößneck

Alle deutschen Rechte vorbehalten.

ISBN: 978-2-88921-878-3

Der Niedliche
Der Mitbewohner
Der Unersättliche
Der Leckere
Der Fantastische
Der Hemmungslose

Catch 'em all!

KAZÉ MANGA

Der Niedliche

Der Mitbewohner

Der Hemmungslose

MIT Posterboy IN JEDEM Band!

Der Fantastische

Der Unersättliche

Der Leckere

Gegensätze ziehen sich an

Rutta & Kodama

In 3 Bänden abgeschlossen!

Youko Fujitani

Band 1
ISBN 978-2-88921-781-6

Als mieser Schläger ist Rutta geradezu eine Berühmtheit an seiner Schule. Ständig prügelt er sich mit anderen und teilt gerne aus. Das nimmt sogar noch zu, als Schul-Neuling Kodama sein Mitbewohner im Wohnheim wird. Aber der sanfte Kodama kann nicht glauben, dass Rutta wirklich so ein schlechter Kerl sein soll. Und tatsächlich haben die Handgreiflichkeiten des Rowdys eine ganz andere Ursache, denn unter seiner harten Schale steckt ein weicher Kern ...

 www.kaze-online.de   www.facebook.com/kaze.deutschland

RUTTA TO KODAMA © 2009 Youko FUJITANI / KADOKAWA CORPORATION

5 Shades of Pink!

Von zart bis hart!